Helge Großklaus, 1965 in Bad Segeberg geboren, zog 1984 nach Berlin, um eine Ausbildung als Maskenbildner in den Sand zu setzen. Seit 1986 hat er als Barkeeper, Verkäufer, Altenpfleger, Filmemacher, Grafiker, Lokführer und Autor gearbeitet. Er selbst bezeichnet sich als staatlich geprüften Universaldilettanten. Als „Helge, der Hinterhofdichter" trägt er seine Gedichte regelmäßig vor Publikum vor.

Marc Müller wurde 1980 in Heidelberg geboren. Seit Abschluss der Filmschule in Berlin 2005 betätigt er sich als freiberuflicher Illustrator, Animator, Character Designer, Storyboarder und Concept Artist. Seine Tätigkeitsfelder umschließen verschiedene Filme und Animations-Serien, Werbespots, Buch- und Comic-Illustration, Logoentwürfe, Gestaltung von Computer- und Brettspielen und vieles mehr.

Illustration: Marc Müller
Lektorat: Barbara Wahlster, Helmut Großklaus
Verlag und Druck: tredition GmbH, Halenreie 42, 22 359 Hamburg

ISBN
Paperback: 978-3-7439-4106-9
Hardcover: 978-3-7439-4107-6
e-Book: 978-3-7439-4108-3

Druck in Deutschland und weiteren Ländern

Für Leola und Malou

Gier und Habsucht

eine
Bubengeschichte
in sieben Streichen

von
Helge Großklaus

Vorwort

Ach, was muss man oft von bösen

ehrenwerten Leuten lesen!

Wie zum Beispiel hier von diesen,

welche Gier und Habsucht hießen,

die sich überall bedienten

und dazu noch spöttisch grienten.

Ihre Übeltätigkeiten

könnten mich dazu verleiten

sie mal derart zu versohlen,

dass sie sich nicht mehr erholen.

Waffen schmieden und verkaufen

während Flüchtlinge ersaufen,

darauf noch Champagner trinken,

dann in seidne Kissen sinken,

nur um nachts davon zu träumen

noch mehr Zaster abzuräumen,

sei es mal durch Spekulieren,

durch Erpressen oder Schmieren,

auch durch Arbeitskraft verborgen,

denn man hat nicht gerne Sorgen

und der Jagdhund namens Waldi

mag das Futter nicht von Aldi.

Außerdem sind zu beklagen
Kosten für Geländewagen,
Golfklub, Rolex, Segeljacht
und für Reisen, die man macht.

Aber wehe, wehe, wehe,
wenn ich auf das Ende sehe!
Das wird eine feine Sache,
die ich mit den beiden mache.
Doch zunächst wird hier beschrieben,
was die bösen Brüder trieben.

Erster Streich

Mancher gibt sich viele Müh
mit dem lieben Federvieh.
Er will nicht nur profitieren
von besagten Federtieren.

Seine Hühner, seine Puten

sollen einen möglichst guten,

freien Lebenswandel führen –

nicht in Käfigen krepieren.

Seht das ist der Bauer Bolte,

der das auch nicht gerne wollte.

Freilich muss man dafür zahlen,

dass die Vögel ohne Qualen

aus der Wiese, aus den Pfützen

Würmer ziehen und verpützen

oder dass sie Körner futtern,

die noch schmecken wie bei Muttern!

Hormone und Penicillin

sind da ganz bestimmt nicht drin.

Jeder, der im Dorfe wohnte,

wusste nun, dass es sich lohnte,

für den knusprig, braunen, schönen

Braten etwas mehr zu löhnen.

Gier und Habsucht dachten nun:

„Was ist hier jetzt wohl zu tun?

Wenn die Leute gerne latzen

für den eher schmalen Batzen,

wenn sie freiwillig berappen

nur dafür, dass ihre Happen

von zufriednen Viechern stammen,

könnten wir doch unsre klammen

Fleischgeschäfte etwas peppen

mit der Kohle von den Deppen!"

Und bei einem kühlen Klaren

tüftelten sie am Verfahren

für den Maximalprofit

auf dem Hühnerzuchtgebiet.

Hin zu ihrer Mastanlage

fuhrn sie noch am selben Tage,

wo für Euro 3 die Stunde

Schlachter nicht mehr ganz gesunde

Käfighühner malträtierten

und am Fließband filetierten.

Just zu dieser schönen Stunde

machte Amtmann Ätz die Runde,

um im Stalle bei den Tieren

ganz genau zu inspizieren,

ob auch unterm Federkleid

alles glänzt von Redlichkeit.

Hopp! Was fiel ihm vor die Füße?

Ein Paket! Recht schöne Grüße

von den Brüdern Gier&Habsucht,

Meister der Geflügelzucht.

Im Paket die grünen Scheine
waren demnach dann wohl seine
und so sollte es nun glücken
ein paar Augen zuzudrücken.

Dieses war der erste Streich
doch der Zweite folgt sogleich.

Zweiter Streich

Bauer Boltes Hahn, er krähte,
als er um sein Leben flehte,
denn als Hahn muss man beachten,
dass auch Bio-Bauern schlachten,
außerdem war ihm wohl klar,
dass heut schon der Markttag war.
Es war ihm nicht zu ersparen
ebenfalls dorthin zu fahren,
ohne Kopf, dazu noch nackt
und in Folie verpackt.

Und in eine ebensolche
packten unsre beiden Strolche
kiloweise ihr Geflügel,
hübsch verziert mit Bio-Siegel,
welche Amtmann Ätz verteilte,
bevor er in den Urlaub eilte.
Ach, das waren schöne Stunden
als am Marktplatz ihre Kunden
ihnen fast das Fleisch entrissen,
denn sie konnten ja nicht wissen,
dass die üble Fleischerware
nur geeignet war das Bare
guten Bürgen zu entreißen –
wer will schon in Abfall beißen?

Bolte ging es an die Nerven,
schimpfend fing er an zu werfen,
mit den Brüsten, mit den Keulen
wollte er das Pack verbeulen.

Gier und Habsucht, die gern stritten,

ließen sich nicht lange bitten

und mit Würfen, mit beherzten,

die den Bauer übel schmerzten,

konnten sie ihn dann bewegen –

zu zweit warn sie überlegen –

heim auf seinen Hof zu fahren.

Auf den Sieg gab's einen Klaren.

Bauer Bolte war am Motzen,

kaum zu Hause musst er kotzen,

denn der faule Fleischgestank

machte ihn ganz schwach und krank.

Von der Stirn bis zu den Socken

klebten überall die Brocken,

also ist er wutentbrannt

raus zum Misthaufen gerannt,

um das Übel zu entsorgen.

Danach schlief er bis zum Morgen.

Will man fette Würmer kriegen,

muss man nur den Schlaf besiegen

und im frühen Morgengrauen

einfach auf dem Mist nachschauen.

Boltes Hühner wussten das

und sieh da: Sie fanden was.

Hühnerfleisch kam auf den Tisch,

da warn sie nicht wählerisch,

wurden so zu Kannibalen,

doch dafür mussten sie zahlen:

Ihre Seelen, sie entfleuchten

von dem Fleische, dem verseuchten.

Jedes legte noch ein Ei,

und dann kam der Tod herbei.

Dieses war der zweite Streich,

doch der Dritte folgt sogleich.

Dritter Streich

Jedermann im Dorfe kannte

eine, die sich Böck benannte.

Fleißig so wie eine Biene

saß sie an der Nähmaschine

jeden Tag bis in den Abend,

Freude am Berufe habend.

Und sie war auch kreativ,

wenn das ganze Dorf schon schlief

zeichnete sie Kollektionen,

die selbst in den fernsten Zonen

Menschen dazu animierten,

dass sie heftig applaudierten,

wenn die langen, dünnen Frauen

liefen auf den Modeschauen.

Mit dem guten Böck-Design

machte man sich gerne fein.

Und so kam es, wie es musste,

nämlich so, dass die bewusste

talentierte Schneiderin

wurd zur Unternehmerin.

Denn auch mit den Wirtschaftsdingen

musste sie nicht lange ringen,

da sie nicht so gerne prahlte,

sondern lieber gut bezahlte

in dem Schneidereibetrieb,

der daheim im Dorfe blieb.

Nur mit Männern hatte Böck

leider überhaupt kein Glöck.

Gier und Habsucht wussten dieses,

da lässt sich was machen, hieß es,

denn sie waren schon am Suchen

nach 'nem neuen Stück vom Kuchen,

weil die Vogelgrippeplage

ihre schöne Mastanlage

kurzerhand entvölkert hatte.

„Boltes Schuld, die miese Ratte",

hörte man die beiden sagen,

dabei konnten sie nicht klagen.

Nein, man hat sogar gekichert,

denn man war ja gut versichert

und mit einer hübschen Summe

konnte man nun neue, dumme

lukrative Streiche machen.

Nur Frau Böck verging das Lachen.

Doch zunächst war sie entzückt!

Dass ihr jemand Blumen pflückt,

von der Wiese nah am Wald,

ach, das ließ ihr Herz nicht kalt.

Ach, er war ja so galant,

der Herr Habsucht, und charmant!

Ach, sie konnt nicht widerstehen

ihn zum Essen mal zu sehen

ganz intim bei ihr zu Haus,

denn er ging nicht gerne aus.

Als sie nun das Fleisch tranchierte,

stellte er sehr intressierte

und auch schmeichelhafte Fragen.

„Fräulein Böck, ich muss schon sagen

sie sind eine tolle Frau,

kreativ und schön und schlau!

Was ist das? Die Kollektion

für die kommende Saison?

Das ist wirklich wunderschön,

das will ich auch zu Hause sehn!

Gestatten sie", sprach er zu ihr,

„dass ich ihr Werk fotografier?"

Wir schalten um nach Bangladesch
hin zu der Firma „Gier&Cash".
Und richtig, ja man ahnt es schon,
ein Teilhaber war der Sohn
von unserm alten Kumpel Gier.
Er war vor Jahrn gestrandet hier
nach einem Selbstentdeckungstrip
in Asien, das war mal hip.
Er wusste nun auch, wer er ist:
ein ätzender Kapitalist.
Jetzt machte er Europa schick
als Chef einer Textilfabrik.

Es klingelte sein Telefon:
„Hallo! Grüß dich, lieber Sohn!
Komm, erzähl, wie geht es dir
und der Firma 'Cash&Gier'?"
„'Gier&Cash', lieb Väterlein,
ach, es könnte besser sein.
Auf den Scheißgewerkschaftsboss
lass ich bald die Hunde los!"

„Richtig so, mein guter Junge,

stopf ihm seine Lästerzunge

tief hinein in seinen Rachen,

dann vergeht ihm schon das Lachen.

Nicht verdient hast du die Hetze,

schließlich schaffst du Arbeitsplätze!

So, und jetzt hör mir gut zu,

du kennst doch Böck, die blöde Kuh?"

„Böck? Verdammte Hundefutt!

Die macht mir mein Geschäft kaputt!

Wenn die mir mal begegnet, dann..."

„Jetzt hör doch erst mal meinen Plan!

Du weißt doch: Habsucht ist ein Mann,

dem keine widerstehen kann,

also hat er flüster, flüster,

dann hat er ihr wisper, wisper

und sie ist voll drauf abgefahrn!

So, darauf nehm ich einen Klarn."

„Papa, du sollst doch nicht saufen!"

„Sei still! Lass die Maschinen laufen

und lass sie Tag und Nacht nicht ruhn,

denn ich schick dir die Fotos nun

von der Böck'schen Kollektion,

dann sind wir bald schon reich, mein Sohn!

Wir machen zehn Container voll

und dann bescheißen wir den Zoll."

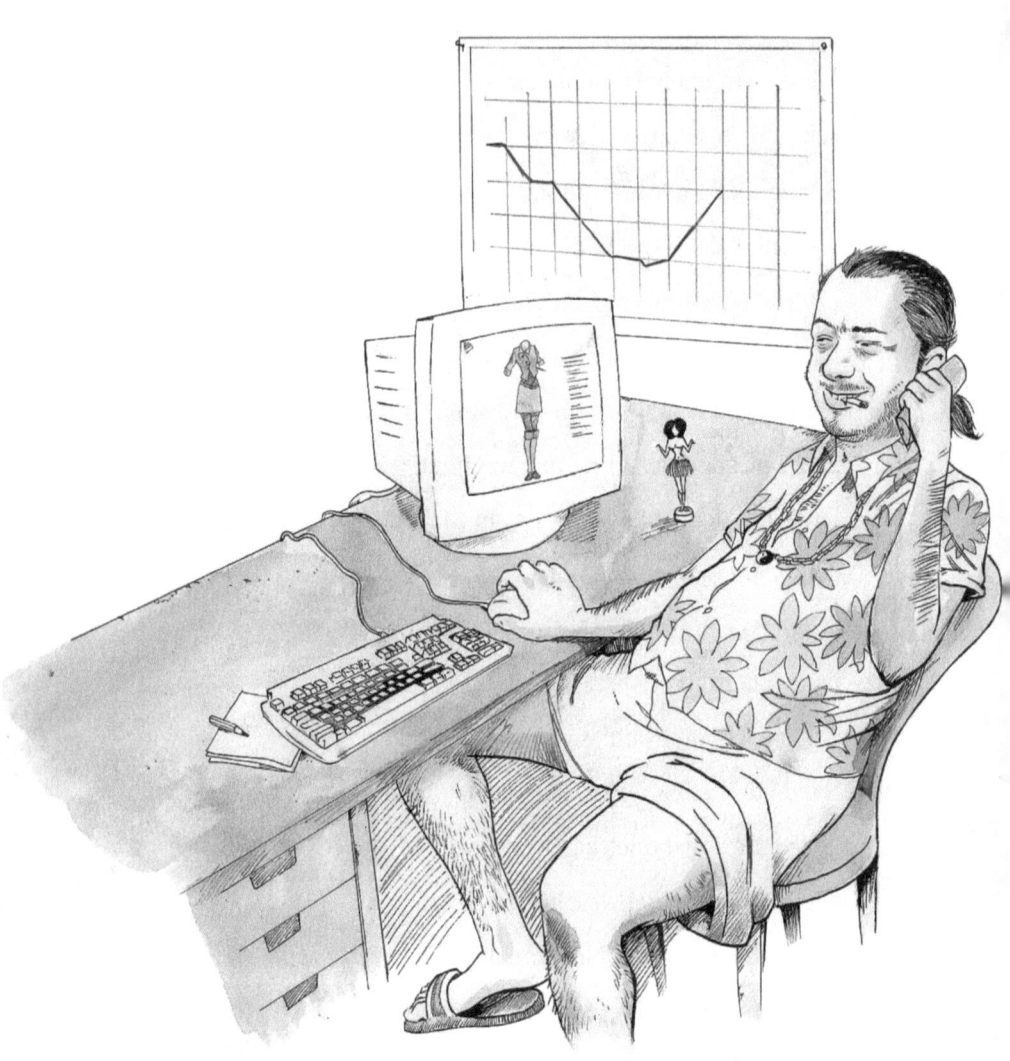

Für ein paar extra Schüsseln Reis

liefen die Maschinen heiß,

und heißer noch, das war nicht gut,

denn aus der Hitze wurde Glut

und aus der Glut entstand ein Feuer.

„Du lieber Himmel, das wird teuer!",

schrie Gier und fing gleich an zu retten.

Zuallererst die Geldkassetten,

die neue Ware hinterher,

erst dann rief er die Feuerwehr,

worauf er schnell die Flucht ergriff.

Er war schon bald auf einem Schiff

mit den Containern voller Ware,

aus seinen Taschen quoll das Bare.

Des Herren Gier infames Treiben

zu kritisiern muss unterbleiben.

Stattdessen schickten Zipfelmützen

die Marine, ihn zu schützen

vor dem Angriff von Piraten,

sodass mithilfe der Soldaten

Herr Junior-Gier, dieser verfluchte,

bald seinen Herrn Papa besuchte.

Auch Herr Habsucht war zugegen,

um mit beiden Gierkollegen

die Container auszupacken

und die Hosen, Blusen, Jacken

in die Kaufhäuser zu fahren,

wo die guten Modewaren

bald schon in den Fenstern hingen.

Süß ertönte Kassenklingen!

Der Verkauf lief wie geschmiert,

nur Frau Böck war ruiniert.

Hoch ist nun ihr Mut zu preisen,

denn ihr heißes Bügeleisen

auf Herrn Habsuchts Arsch gebracht

hat sie wieder froh gemacht.

Dieses war der dritte Streich,

doch der Vierte folgt sogleich.

Vierter Streich

Manchmal gibt es an der Schule

Lehrer, die so richtig coole

Sachen mit den Schülern machen,

die Begeisterung entfachen:

Sport-, Musik- und Kunstaktionen,

auch Museumsexkursionen,

Umwelt- und Sozialprojekte,

Stadtgeschichte, selbst entdeckte,

Wissenschaftsexperimente,

Austausch für die Sprachtalente,

solche Dinge, zum Exempel,

machte gern der Lehrer Lämpel.

Wie Herr Lämpel sich bemühte,

dass auch jeder Geist erblühte,

gleich ob Kind vom Opernsänger

oder vom Hartz-4-Empfänger,

ward von allen gern gesehn,

alle Eltern fanden's schön.

Nun war's Lämpel auch zu eigen,

seine Zähne mal zu zeigen,

denn nach seines Dienstes Schluss

traf ihn oft der Muse Kuss,

immer auf die linke Seite,

sodass er dann blitzgescheite

Lieder und Gedichte schrieb,

die den ganzen Weltbetrieb

heftig in die Mangel nahmen.

Lämpel kannte kein Erbarmen

mit den Politikgestalten,

die nur ihre Macht verwalten,

mit den hohen Handelsherren,

die die Not der Welt vermehren,

mit den Leuten, die in Banken

scheffeln wie die Geisteskranken,

mit den Zeitungsredakteuren,

die die Angst heraufbeschwören,

mit den Militärstrategen,

die ein fremdes Land zerlegen

oder mit Industriellen,

die so wie die Kriminellen

auf Moral und auf Gewissen,

mit Verlaub gesagt, nur schissen.

Trat er damit auf die Bühne,

wurde er schon fast so wie 'ne

Galionsfigur verehrt,

und sein Ruhm hat sich vermehrt.

Trat der linke Lämpel auf,

kam das Publikum zuhauf.

Gier und Habsucht, diese beiden

mochten ihn darum nicht leiden,

denn, wer gern Geschäfte macht,

ist doch sehr darauf bedacht,

dass die linken Sozitucken

ihm nicht in die Suppe spucken.

Weil sie wussten, dass die Linken

gerne mal die Welt verstinken

mit den Marihuanadämpfen,

weil sie nach gekämpften Kämpfen

manchmal eine Pfeife rauchen,

die sie zur Entspannung brauchen,

überlegte Habsucht helle:

„Hier ist seine wunde Stelle,

hiermit werden wir ihn kriegen

und ihm sein Gehirn verbiegen!"

Und noch an demselben Tag

war Herr Habsucht schon in Prag,

wo in einer Rotlicht-Bar

Dr. Crank zu finden war,

ein gefallner Apotheker,

der hier mit dem Cocktail-Shaker

dilettantisch rumhantierte

und die ganze Zunft blamierte.

Dass er keinen Cent verdiente,

so wie er den Gast bediente,

spielte keine große Rolle,

denn man wusste, hierhin solle

man nicht kommen, um zu saufen,

sondern Crystal Meth zu kaufen!

Kaum war Habsucht dann zu Haus,

packte er den Einkauf aus

und erklärte Bruder Gier:

„Diese Glitzerkrümel hier

werden wir mit Gras vermischen,

um sie Lämpel aufzutischen.

Mit den kristallinen Waffen

machen wir 'nen dummen, schlaffen

Süchtigen aus Lehrer Lämpel.

Mit dem Kommunistenkrempel

wird er uns nicht länger stören,

niemand will ihn dann noch hören!"

Ein Paket ganz ohne Stempel

lag bald vor der Tür von Lämpel.

Darin fand er eine Karte,

darauf stand: „Mein Schatz, ich warte

schon so lange auf ein Zeichen,

wie kann ich dein Herz erweichen,

nimm von mir dies Kilo Dunst

als Beweis für meine Gunst.

Besuch mich doch mal in Christiania,

mit liebem Gruß, Marie Huana."

„Seltsam, woher weiß die, dass ich...?

Na egal, Hauptsache Haschisch.

Komisch, diese Glitzerbrocken...

ach egal, ich geh heut rocken

und da kann es doch nicht schaden

einen klitzekleinen Fladen

von dem Zeug zu konsumieren,

denn das hilft beim Musizieren."

Als er auf der Bühne war,

fühlte er sich wunderbar

verjüngt, erfrischt und so beschwingt!

„Hört mal, wie der Lämpel singt,

selbst der klitzekleinste Ton

steckt voll Kraft und Emotion",

raunte es durchs Publikum.

„Ach was gäbe ich darum",

dachte manche Frau beklommen,

wär ich ohne Mann gekommen!"

Und dann erst die jungen Hüpfer!

Erst BHs, danach die Schlüpfer

flogen Lämpel um die Ohren,

heute war ein Star geboren.

Alle fanden Lämpel supi,

sodass nachher noch ein Groupie

und dann zwei, dann drei, dann vier

hinter der Gardrobentür

sich mit dem so engagierten

Künstler heftig amüsierten.

Lämpel hat das gut geschafft,

denn für seine Manneskraft

gab es von dem Glitzergras

noch so dieses und auch das.

Doch am nächsten Tag, oh je!

Wie tat ihm die Seele weh!

Lämpel wurde nämlich klar:

Unter diesen Groupies war

eine seiner Schülerinnen,

die sich für die niedren Minnen

so sehr aufgebrezelt hatte,

dass auf der Gardrobenmatte

für den neu geborenen Star

sie nicht zu erkennen war!

Warum nur war sein Verlangen

derart mit ihm durchgegangen?

Kritisch diese Welt besingen,

um sich selber hochzuschwingen

und sich schrecklich zu benehmen,

dafür muss man sich doch schämen!

Lämpel plagte das Gewissen,

auf der andren Seite rissen

sich die Leute ja um ihn.

Er wusste weder her noch hin

und auch nicht ein und auch nicht aus.

So ward ein Teufelskreis daraus,

da er die Entspannung suchte

durch die Pfeife, die verfluchte,

die ihn so euphorisierte,

dass er wieder ungenierte,

schlimme Sachen unternahm.

Kaum ernüchtert, kam die Scham,

weil er wusste: War er breit,

ward aus Lämpel Mr. Hyde.

Traurig war es, wie die Drogen

diesen guten Mann verbogen.

Aus dem Schuldienst – rausgefeuert,

weil er immer wie bescheuert

nach dem jungen Fleische lechzte.

Lämpels Körper – dieser ächzte:

Abgemagert, voller Pickel.

Seine Lieder – nur Gekrickel!

Wie Naidoo und Grönemeyer

ging er Leuten auf die Eier!

Bald schon war er obdachlos
und die Freude, sie war groß
bei den beiden bösen Brüdern.
Mit Gedichten oder Liedern
konnte er nicht länger stören,
in der Schule, bei den Gören
herrschte endlich Disziplin
bei Algebra und Wurzelziehn.
Die, die schuldig daran waren
saßen da und tranken Klaren.

Dieses war der vierte Streich,
doch der Fünfte folgt sogleich.

Fünfter Streich

Wer im Dorfe oder Stadt

keine Tante wohnen hat,

sollte sich eine besorgen,

denn bei finanziellen Sorgen

kann die liebe, alte Tante

etwas von der hohen Kante

nehmen und dem Neffen geben.

Sie soll nicht am Gelde kleben,

da sie's eh nicht brauchen kann!

Noch mal besser ist es dann,

wenn die Tante, hoch begütert,

schon im Kopf ein wenig tütert,

denn die Aktien und Juwelen,

die ganz plötzlich bei ihr fehlen,

auch die Scheine unterm Kissen

wird sie dann nicht mal vermissen.

Eine ebensolche Tante

wollte Habsucht als Verwandte.

Gier war schon am Recherchieren,

was die Damen inserieren

in der Spalte „Ungebunden".

Folgendes hat er gefunden:

Nette Witwe, gut betucht,
leider etwas einsam, sucht,
einen Menschen, aufgeschlossen,
Erbschaft ist nicht ausgeschlossen.
Wenn Sie sich jetzt trauen, dann
rufen Sie Frau Fritze an.

„Habsucht, ich hab unser Frauchen!

Geh dahin, mach auf Wau-Wauchen

mit dem treuen Dackelblick!

Und dann musst du, wie bei Böck,

außerdem noch daran denken

sie mit Blumen zu beschenken,

selbstverständlich selbst gepflückt

so wird sie nach dir verrückt!"

An des Dorfes linkem Rand

eine schöne Villa stand,

leider war sie abgeblättert,

ein paar Fenster war'n zerschmettert.

Drumherum ein kleiner Park,

teils mit Bäumen, alt und stark,

teilweise mit Rabatten,

die mal Pflege nötig hatten

und bis in die letzten Ecken

wucherten die Brombeerhecken.

In der Villa saß Frau Fritze,

in ihr wallte eine Hitze

wie seit Jahren schon nicht mehr.

Es beeindruckte sie sehr,

dass ein Mann, der gut gebaut,

sich zu ihr ins Häuschen traut,

noch dazu mit Blumenstrauß

und er sah auch sehr gut aus!

Schmeichelhaft war'n seine Worte:

„Exzellent schmeckt ihre Torte,

der Kaffee ist ganz superb,

nicht zu süß und nicht zu herb,

so wie sie regt er mich an!“

Weiter sprach Herr Habsucht dann:

„Reif und trotzdem jugendlich,
ja, so wirken sie auf mich
und jetzt sage ich ganz ehrlich:
Junge Frauen sind beschwerlich,
mit den Fraun ist's wie beim Wein:
Erst die Reife macht sie fein."

„Man ist so alt, wie man sich fühlt",
sprach Frau Fritze aufgewühlt,
„es sind nur die Handwerkssachen,
die mir etwas Sorgen machen."

„Also, wenn das alles ist",

sagte Habsucht gleich mit List,

„fang ich an in Haus und Garten,

denn mit Pinsel und mit Spaten

bin ich sehr professionell,

zuverlässig und auch schnell!"

Abends nach dem Hausbesuch

schrieb Fritze in ihr Tagebuch:

„Ach, ich bin ja sooo verliebt,

dass es so einen noch gibt,

hilfsbereit, charmant und edel!

So wie damals, wie ein Mädel

fühl ich mich bei meinem Ritter,

durch mein Herz jagt ein Gewitter.

Und er ist auch so sensibel,

sagte mir, dass er zur Bibel

kürzlich erst gefunden hätte.

Dass er seine Seele rette,

wolle er sich taufen lassen,

nur noch lieben, nie mehr hassen,

und jetzt will er mich als Patin,

ach, ich kann es kaum erwarten.

So wie mir fehln ihm Verwandte,

doch bald hat er mich als Tante."

Glockenläuten, Orgelspiel,

ach das war ein Hochgefühl

für die gute Witwe Fritze!

Zwischen Gier und Habsucht schritt se

feierlich hin zum Altar,

Pfarrer Pax war auch schon da.

Glücklich war der Schriftgelehrte,

dass die Seele, die bekehrte,

seinen Segen nun empfing –

da machte es vernehmlich „Kling".

Das Metallkreuz von der Wand

war so wie von Geisterhand

von dem Nagel, der's getragen,

weg und unten aufgeschlagen.

Sollte das ein Zeichen sein?

Aber nein, nein, nein, nein, nein,

nicht an der geweihten Stätte.

Renovierung, ja das hätte

seine Kirche einmal nötig.

„Kommet her, erst einmal bet ich,"

also sprach der Pfarrer Pax,

da hörten sie ein lautes „Knax".

Der Altar, aus Holz und alt,

zeigte einen tiefen Spalt.

Dann erlosch des Täuflings Kerze,

niemand glaubte mehr an Scherze

als im Becken noch das Wasser –

brodelte, sie wurden blasser

als die Kalkschicht an den Wänden.

Diese Taufe zu beenden

eilte sich der Pfarrer sehr,

gefeiert wurde hinterher.

„Ach mein liebes Tantilein,

ach, was könnte schöner sein

als mit Bruder Gier bei dir,

unserer Familie Zier,

bei Kaffee und Bäckerwaren

und bei einem kühlen Klaren

diesen Tag zu zelebrieren!

So, und jetzt lasst uns dinieren."

„Habsucht, ähm, ich will nicht stören",

ließ der Bruder Gier sich hören,

„aber hast du nichts vergessen,

was wir vielleicht vor dem Essen

mit der Tante, dieser tollen,

dringend noch besprechen wollen?"

„Ach so, ja stimmt, na ja, ähem,

das ist ein wenig heikel, denn

es geht hier um die Wirtschaftskrise.

Auf dem Konto, ein paar Miese

blockieren die Liquidität,

doch es ist noch nicht zu spät,

tja, womit ich sagen will...!"

„Ja, mein Junge, sei schon still,

denn zur Feier der Bekehrung

gibt es jetzt eine Bescherung.

Nehmt hier diese goldnen Barren –

und hört auf mich anzustarren!"

Das war ja leichter, als sie dachten!

Aber ihre Herzen lachten

noch viel lauter, als sie hörten,

dass die Frau, die sie betörten

ganz allein für sich im Stillen

Testament und Letzten Willen

dergestalt geordnet hatte,

dass Herr Habsucht, diese Ratte

und Herr Gier, das miese Schwein –

sollte sie mal nicht mehr sein –

Witwe Fritzes pralle Konten

dann ihr Eigen nennen konnten.

Sie war um den Verstand gebracht

durch der Liebe Zaubermacht –

und durch rohe Mörderkraft

wurde sie dahingerafft.

Wer es war, mit einem Spaten,

das ist jetzt nicht schwer zu raten.

Dieses war der fünfte Streich,

doch der Sechste folgt sogleich.

Sechster Streich

In der schönen Osterzeit,

wenn die frommen Bäckersleut

viele süße Zuckersachen

backen und zurechte machen

müssen sie sich sehr beeilen

die Produkte zu verteilen!

Bäcker Bautz war am Verzagen,

Tag und Nacht musst er sich plagen,

die Regale brachen fast

unter ihrer süßen Last.

Seine guten Osterwaren

in die Läden auszufahren,

sollte Bautz nicht mehr gelingen,

um die Ware wegzubringen,

brauchte er 'nen Mitarbeiter.

„Das bringt uns doch auch nicht weiter",

keifte seine blöde Frau,

„denn du weißt doch eins genau:

Kaum wird einer eingestellt,

kostet er 'n Haufen Geld

und ist Ostern dann vorbei,

ist er immer noch dabei.

Deine Arbeitgeberpflichten

würden das Geschäft vernichten!"

„Wir haben doch genug zu tun,

niemals, niemals kann ich ruhn!

Pfingsten und Silvesterfeier,

Hochzeit bei Familie Meier,

das Begräbnis von Frau Fritze,

Kuchen und auch rote Grütze

wolln sie zur Mittsommernacht,

hast du daran schon gedacht?

Einschulung, Konfirmation,

liebe Frau, mir graut es schon,

dann ist auch bald Erntedank,

der Gedanke macht mich krank,

schließlich noch das Weihnachtsfest

und das gibt mir dann den Rest!"

„Ach, du dummes Bautzilein,

lass doch mal das Jammern sein,

daran hab ich doch gedacht:

Die geringsten Kosten macht

Zeitarbeit, die brauchen wir,

sieh das Inserat mal hier:

'Gier&Habsucht Leiharbeit

billig und stets dienstbereit'.

Da mieten wir uns einen Knecht,

der hat auf Anstellung kein Recht.

Nach Ostern können wir ihn feuern,

zur Weihnacht den Vertrag erneuern."

„Aber das ist doch nicht fair!"

„Bautzi, du bist wieder sehr

sozialistisch eingestellt,

denk doch auch mal an das Geld!"

Und genau an eben dieses

dachten Gier und Habsucht, die es

sich gerad nicht nehmen ließen

die Gesetze zu begießen,

die den Langzeitarbeitslosen

den bequemen, sittenlosen

Lebenswandel abgewöhnten.

„Auf die faulen und verwöhnten

diesen guten, kühlen Klaren!

Clever, wie wir wieder waren,

haben wir den Trend gerochen,

und jetzt kommen sie gekrochen,

die Sozialschmarotzerschweine,

so wie an der Hundeleine.

Brechen muss man ihren Willen,

ihre Ärsche soll man grillen

auf dem Feuer der Sanktionen,

dann wird sich das für uns lohnen!"

Schenkelklopfen, lautes Lachen

und hinein in ihre Rachen

kippten sie die Schnapsportion,

da klingelte das Telefon:

„Gier&Habsucht Leiharbeit

billig und stets dienstbereit?"

„Hier ist Bautz, die Frau vom Bäcker,

immer frisch und immer lecker,

hören sie, verehrter Herr,

denn es drängt hier wirklich sehr!

Die Regale quellen über,

drunter geht es und auch drüber,

unsre süßen Zuckerwaren

in die Läden auszufahren

brauchen wir schnell einen Mann,

den man sich auch leisten kann!"

„Na, das ist doch kein Problem,

ich schicke ihnen Smirnow, dem

zahlen sie 'nen Stundenlohn

von 13 Euro, Provision

ist dabei schon inklusive."

„Provision? Wie hoch ist diese?"

„Ein Zehner nur pro Arbeitsstunde."

„Gut, dann bin ich jetzt ihr Kunde."

Smirnow wartete, wie immer,

in dem dunklen Hinterzimmer.

„Smirnow! Kommen sie mal her,

aber dalli bitte sehr!

Ich habe für sie Arbeit hier,

und zwar als Bäckereikurier!"

„Als Fahrer? Danke ich verzichte!

Ich studierte doch Geschichte,

Wirtschaft und Philosophie

in Moskau, und das wissen sie!

Dann ging ich in den Widerstand,

mein Häuschen wurde abgebrannt,

denn sie wollten mich vernichten

hierher musste ich dann flüchten!"

„Muss ich es denn noch erwähnen?

Jede Arbeit anzunehmen

sind sie laut Gesetz verpflichtet

und danach wird sich gerichtet!

Beim Jobcenter ruf ich gleich an,

wenn sie sich verweigern, Mann!"

Lieber Smirnow, armes Schwein,

ach, was könnte schlimmer sein

als ein Traum, der ausgeträumt.

Oft hast du dich aufgebäumt

in der alten Sowjetzeit.

Deine Unbestechlichkeit

ist geblieben und danach

hat so mancher Oligarch

nach dem Leben dir getrachtet,

denn er wollte nicht entmachtet

oder ruiniert dastehen,

also musstest du dann gehen.

Da in unsern deutschen Landen

Menschen eine Heimat fanden,

deren Traum die Freiheit war,

war dein Ziel dann auch schon klar.

So hast du dein Land verlassen,

doch wie manche Deutsche hassen,

nein, das konntest du nicht wissen,

bis sie dich zu Boden rissen,

traten und zusammenschlugen,

weil sie Fremde nicht ertrugen.

Schwermut hat dich dann befallen,

mit den schwarzen Schreckenskrallen

packte sie dich an der Kehle,

bohrte sich in deine Seele.

Dein gebildeter Verstand

wurde leer und ausgebrannt.

Und so bist du dann gestrandet,

im Sozialsystem gelandet,

da, wo sie die Randgestalten

schikanieren und verwalten.

Doch du hast dein schweres Leben

immer noch nicht aufgegeben,

hast von vorne angefangen,

bist zur Leiharbeit gegangen.

Außer lächerlichem Lohn

gab es für dich Spott und Hohn.

Endlich dann, im Bäckerwagen

hast du es nicht mehr ertragen.

Diesen hat man leer gefunden

und Herr Smirnow war verschwunden.

Dieses war der sechste Streich,

doch der Letzte folgt sogleich.

Letzter Streich

Gier und Habsucht, wehe euch,

jetzt kommt euer letzter Streich!

Warum wurden diese Brüder

niemals nur ein bisschen müder,

wieso machten sie nur immer

Sachen, die noch sehr viel schlimmer

warn als das Geschäft davor?

Was hatten die beiden vor?

Weshalb brachten diese Lumpen

auf die Wiese Riesenpumpen,

Schläuche, Kurbeln und sehr viele

Leitungen und auch Ventile,

Baumaschinen, Wohncontainer

für die vielen Tagelöhner,

Warum standen da auf einmal

Tanks und Türme aus Metall?

Wozu mussten diese Toren

Löcher in die Erde bohren,

Tag und Nacht mit viel Gebrumm

um das ganze Dorf herum?

Bei einem Blick in ihr Büro
erfahren wir vielleicht wieso.
Da saßen sie und schnackten viel
mit einem Herrn. ExxonMobil,
so stand auf seinem Overall,
er hatte einen Wutanfall:

„Diesen Leuten von der Presse
sollte man die dreiste Fresse
einmal richtig blank polieren
für die Ängste, die sie schüren!

Ich frage mich, was haben die

gegen harmlose Chemie,

wollen die sich etwa rächen

für die Steine, die wir brechen?

Wegen dieser grünen Zecken

hören wir nicht auf zu fracken!

Schiefergas ist umweltfreundlich,

das will ich nur klar und deutlich

sagen ein für alle Mal!"

So, nun ist er klar, der Fall:

Bodenschätze auszubeuten,

darum ging es diesen Leuten!

Öl und Gas in letzten Resten

sind versteckt in harten, festen,

tief gelegnen Schieferschichten.

Um die Sperre zu vernichten,

bohre man nun tief und tiefer

bis hinunter in den Schiefer.

Da die Quelle sprudeln soll,

presse man die Steine voll

mit viel Wasser und Chemie

und dann sprudelt es wie nie.

Rohstoff kommt ans Tageslicht,

wenn man nur den Schiefer bricht.

Öl und Gas kann man verkaufen,

doch wohin die Reste laufen

von dem Chemikalienmix,

tja, darüber weiß man nix.

„Och," so sagt man, dieses werde

unsre gute, alte Erde

schon nicht allzu sehr belasten.

Und ich finde, das ist fast 'n

guter, schlüssiger Beweis –

dafür, dass man gar nichts weiß!

„Och", das ist ein Argument,

das die Spreu vom Weizen trennt

in Politik und Wissenschaft,

mit "Och" hat man schon viel geschafft.

„Och", so sprach auch Dr. Crank,

der für'n kleines Geldgeschenk

Gier und Habsucht unterschrieb,

dass im Erdreich gar nichts blieb

von der Chemikalienbrühe.

Und dass Bauer Boltes Kühe
plötzlich keine Milch mehr gaben
und auch auf der Wiese starben
bezeichnete der Amtmann Ätz
dreist als ein Naturgesetz.
Außerdem sprach er dann noch:
„Dieses schöne Förderloch
ist nach unseren Gesetzen
als ganz harmlos einzuschätzen."

Dass alsbald im Dorf die Kinder

ebenso wie Boltes Rinder

krank und immer kränker wurden,

dass Frau Bock mit ganz absurden

Hautgeschwüren kämpfen musste,

dass Herr Lämpel die bewusste

faule Chemikalienbrühe

schon in aller Herrgottsfrühe

sich in seine Venen drückte,

um sehr bunte und verrückte

Träumereien zu erzeugen

und dem Turkey vorzubeugen,

dass es bis zum Grab von Fritze

stank nach fauler Schimmelgrütze,

dass die Bautz'schen Bäckerwaren

völlig ungenießbar waren –

war Gier und Habsucht piepegal,

bei den Mitteln ihrer Wahl

waren sie nur in Gedanken

bei den Konten, die in Banken

in der Schweiz und Luxemburgen

fett und immer fetter wurden.

„Wer soll für die blöden Affen

sonst die Arbeitsplätze schaffen?",

dieses war ihr Argument,

ach, wie gut man es doch kennt.

Um die Brüder zu entlarven,

griff Herr Lämpel nun mit scharfen

Worten Gier und Habsucht an,

aber leider merkte man,

dass vom Spritzen und vom Kiffen

seine Waffen abgeschliffen

und nicht mehr zu brauchen waren.

Doch den Grips, den hellen, klaren

hatte er nicht ganz verloren.

Wenn man nur mit offnen Ohren

sich zu ihm hinunterbeugte,

merkte man, der Mann bezeugte

Vorgänge, die anzusprechen

andere sich nicht erfrechen.

Eben dieses offne Ohr

kam bei Pfarrer Pax nun vor.

Seine Schäflein zu betreuen

tat der Pfarrer sich nicht scheuen

sich den Menschen zuzuwenden,

die als Obdachlose enden.

Der bedauernswerten Zunft

gab er Kirchenunterkunft.

Es war wohl an diesem Ort,

wo des Lämpels letztes Wort

einem Samenkorn vergleichbar

auf des Pfarrers Feld, das reich war

an der Fruchtbarkeit der Güte,

endlich kraftvoll neu erblühte.

Lämpels Geist, er inspirierte

Pfarrer Pax, der engagierte

Worte fand für eine Rede,

die ein jeder und auch jede,

die des Pfarrers Segen wollten,

in der Kirche hören sollten.

Er hat in der Weihnachtspredigt

seines Zornes sich entledigt:

„Liebe Bürger dieses Dorfes,

da, wo sonst nur Gras und Torf is'

hat sich etwas ausgebreitet,

was uns nur Verdruss bereitet.

Unsre Landschaft: plan geschliffen!

Die Gesundheit: angegriffen!

Unser Wasser: ist verseucht!

Wer es zu sich nimmt, der keucht!

Unsre Bürger: ausgebeutet!

Wer hier diese Wirtschaft leitet,

denkt nur dran sein Geld zu mehren!

Den Dow Jones und Dax zu ehren

wird uns herzlich wenig nutzen,

wenn wir unsre Welt verschmutzen!",

und in Rage brüllte Pax:

„Scheiß doch auf Dow Jones und Dax!

Gottes Schöpfung zu missachten,

weil wir nach dem Gelde trachten,

das ist tunlichst abzulehnen.

Und so sage ich jetzt jenen,

die mit ihren Umweltgiften

unser schönes Dorf versifften:

Wenn ihr weiter frakturiert,

seid ihr exkommuniziert!"

Gier und Habsucht, die das hörten,

wurden sauer, wieder störten

Leute, die des Denkens mächtig

ihre Pläne, groß und prächtig.

Als sie danach heimwärts zogen,

fluchten sie: „Pax ist verlogen!

Um das Fracking zu beenden

gaben wir ihm nicht die Spenden!

Er lässt sich nicht kontrollieren,

korrumpieren oder schmieren!

Lass ihn uns mit seinen Träumen

endlich aus dem Wege räumen."

Wie das wohl zu machen sei,
berieten diese Zwei dann bei
einer schönen Käsestulle,
auf dem Tisch stand eine Pulle.
Gierig wie die beiden waren
wollten sie mit einem Klaren
ihre Brot- und Käsebrocken,
dass sie nicht im Halse stocken,
einweichen und 'runterspülen.
Zu der Flasche hinzuschielen
wäre nicht verkehrt gewesen,
denn dann hätten sie gelesen,
was da auf dem Etikett
stand, und das war gar nicht nett:
„Finger weg von dieser Flasche,
dieser Stoff macht dich zu Asche,
denn er dient dem Frakturieren,
deinen Geist zu tranquilieren
wurde er nicht angerührt,
weil er so zum Tode führt!"
Ihrer Blödheit war's zu danken,
dass sie mit den Mörderpranken
trotzdem zu der Flasche griffen
und sich je ein Glas einpfiffen.

Sie haben sich nur angestarrt,

der Stoff war selbst für sie zu hart.

Dann ein schmerzverzerrtes Grölen!

Augen traten aus den Höhlen,

Haare warfen wilde Locken,

auf dem Körper wuchsen Pocken,

Ohren fingen an zu glühn,

Pocken wurden blau und grün,

Herzen fingen an zu rasen,

Pocken schwollen an zu Blasen,

Blasen platzten, lauter Knall,

dann Gekröse überall!

Und dazwischen lagen Knochen,

alle säuberlich gebrochen

rickeracke, mit Geknacke

auf dem Boden der Baracke.

Wie die frakturierten Steine

lagen da nun die Gebeine.

Fein geschroten und in Stücken

konnte man sie kurz erblicken,

doch sogleich verzehrte sie

Bauer Boltes Federvieh.

Dieses war der letzte Streich,

jetzt komm ich zum Ende gleich.

Schluss

Als man dies im Dorf erfuhr,
war von Trauer keine Spur.
Wozu sollte man auch trauern,
wenn die Kinder unsres Bauern
Bolte wieder was Gesundes
in die Öffnung ihres Mundes
schieben konnten und auch spielten
auf der Wiese, der zerwühlten?
Nein, es war ein Grund zum Feiern
und, um dieses anzuleiern,
wurden alle eingeladen,
die auf ehrlichen, geraden
Pfaden in den dunklen Zeiten
unbeirrt sich nicht verleiten
oder korrumpieren ließen.
Diese Feier zu genießen
kamen Pax, Bautz, Böck und Bolte
und Frau Bautz, die erst nicht wollte,
denn sie plagte das Gewissen
da doch Smirnow ausgerissen
und seitdem verschollen war,
also stellte sie dann klar:
„Wenn wir nicht den Smirnow finden
kann ich mich nicht überwinden

diesen Tag zu zelebrieren,

denn es geht mir an die Nieren,

dass ich mich so schuldig machte,

weil ich an das Geld nur dachte.

Die, die deshalb mit mir stritten,

möchte ich jetzt herzlich bitten

meine Fehler zu vergeben.

In die Wälder lasst uns streben,

um sie gründlich zu durchkämmen!

Schaut auch nach in hohlen Stämmen!"

„Zwischen Tannen oder Buchen

braucht ihr gar nicht erst zu suchen",

meldete sich Pfarrer Pax,

„Smirnow kam mit einem Knacks

in der Seele ins Asyl

meiner Kirche. Mit Gefühl,

guten Worten und Vertrauen

seine Schwermut anzuschauen

konnte ihn dazu bewegen

Zorn und Trauer abzulegen.

Smirnow geht es wieder gut,

aber die gerechte Wut,

die ihn plagt seit jenen Tagen,

die hat er in Stein geschlagen,

um sie in die Welt zu brüllen.

Lasst uns diesen Stein enthüllen!"

Also zogen sie nun los

und die Freude, sie war groß,

als sie in des Dorfes Mitten

hin zu Bruder Smirnow schritten.

Bauer Bolte jedenfalls

fiel Herrn Smirnow um den Hals.

Und das Bautz'sche Bäckerpaar

fragte Smirnow jetzt sogar,

ob er denn nicht bleiben wolle,
denn sie bräuchten seine volle
wirtschaftliche Kompetenz
jederzeit und nicht nur wenn's
grade in der Bäckerstube
hieß: „Jetzt drückt mal auf die Tube!"
Die sonst schüchterne Frau Böck
sah ihn an und sagte keck:

„Lieber Smirnow, altes Haus,
richtig lecker sehn sie aus!
Kommen sie doch auf ein Bier
nach der Feier mit zu mir!"

Smirnow hatte es nun eilig,

dieses sag ich nicht nur, weil ich

endlich fertig werden möchte.

Nein, das Ende der Geschichte

ist jetzt wirklich schnell erzählt,

alles, was uns nun noch fehlt,

ist die Inschrift auf dem Stein,

dann will ich am Ende sein.

Mit dem Meißel eingetrieben

steht dort Folgendes geschrieben:

Freunde der Dichtkunst!

Haltet auch Ausschau nach Helges Büchern:

Vergammelte Werke (tredition)
Knochen-Jochen (Gringo Comics)

Zeitfracht Medien GmbH
Ferdinand-Jühlke-Straße 7
99095 Erfurt, Deutschland
produktsicherheit@kolibri360.de